JN323934

ブルーサンダー

暁方ミセイ

思潮社

ゆきみなとをゆく人は

寄る辺なく春が来て、何万回も
淡雪のなかで死せるカモシカが
あたたかく蘇っている丘を見あげる。
黄色い火がある
その斜面の途中で、わたしは流れ弾に撃ち抜かれる。そのわたしを、わたしは出て行く。

光狂うあぜみちに
昏睡している。もうもうと雲が湧く。
心臓が暗いとき、

がらんとした明るいあぜみちは、脳髄がわっと芽吹いて
今朝のあたらしい遺跡をつくるのだった。（それはまたたくまに消えうせる）

水草生う、春野覆う水の気配の
最終の朝を出る
カモシカがみぞれ雪で濡れている。

I（草の匂い）
クラッシュド・アイス陽気 12
別世界 16
雨宿 18
薄明とケープ 22
三月の扉 26
ロケット・サイロ 30

II（潜っていく）
虚の三時間 34
アンプ 36
ヒヤシンスの夜 40
葦林 44
東北本線 48

瀬音と君の町 50
長野幻視 54
デトリタス見聞 56

III （二十五時）

三河島 66
機能 70
K駅の幽霊 74
二〇一号室とラストダンス 80

IV （よろずの虫ついてこい）

極楽寺、カスタネアの芳香来る 88
ヴィオラ 92
深秋 96

装幀＝カニエ・ナハ
装画＝ししやまざき

ブルーサンダー

暁方ミセイ

I

クラッシュド・アイス陽気

秋波――。

こんなに滅多な光の渦なのだから
こちらは分離作用の澱のほうで
よく澄んだ藍色のこの上空に
さらに清澄な上澄み液があるだろう。

乳と草の匂いが泥濘んでいる

しずまった平らな脈、それから怒号の熱病にうなされ、
やがてこれも冷えてかたまる
泥岩の河口を
さむそうに影が流離う
日々にあるもの、強風、遠い風景と、鳥の影、
それらを束ねてしまう矢のような月日が
窓から斜めに注いでいる。

越境の貨物船
(あー物憂げな、
彼方に青境の目が混ざり、
暗いぐるぐるの模様を見せている。
注ぎこむ、微生物のゆたかな潮溜まり、
およそ三百倍もの生体、死骸)
午後には栄養たっぷりの潮流が

棲んでいる窓のなかまで、注ぎこんできて、
（塩害。
白っぽく朽ちる、その反射光で
若く生きたりしている。
岩場に青色の、濃いアサガオが自生していた。
光はがしゃがしゃと乱雑な、音をたてながら、）
ごく脆く
硬質な空や大気が
割れて、割れて、
ワールド・ビジョンに新しい
報告をもたらしてくれる。

別世界

熱風、覆う熱風、

淡く、紫色に見えている山とこちらを
何本もの白い手がかき混ぜている。
炎や、透明な蛇や鷲の顔が、まれに漂着するわたしの睡眠は、
薄っぺらく貼りついて揺れている現実の
少し下層を流れてゆき、
切り立った丘の地層を見に行く。

風見が丘、これは、
有機化合物を含んだ風、これは風の丘に蓄えられた夏の最初の
置換だ、
（フィッシャーマンズ・クラブが、彼方、
とても煌びやかな塗料をしているね、
釣り人たちの顔が塗りつぶされて、午後は緑が燃えだしているね、）
あらゆるものは全体の濃度を保ちながら、
新しく変化を来たしていた。
われわれは、
球体なる夏のくにへ、
これより、入っていくように思われます。

雨宿

夕立は今に止んで、熱を下げる草叢。川垂れる乳色。苦い。

めちゃくちゃに倒れた草が
傷ついた匂いを充満させ、
湿気た風
わたしは細胞が苛立った、肌が苛立った、
放電のように、欲求が疾駆する。
草の剣先を駈巡り、
風景のなかに、

きみを感知しようとしている。

刺激する紫の電流が
藍色を塗りこめる草の匂いが、きみを告げまた薄闇に隠す。
さっきから視界の端で、
ちらちらと動いている、
懊悩の
赤い牛は、左側頭部あたりから走り出してきた。
一頭で、
ぐしゃぐしゃな久遠の顔。
ひどく濁った鶴見川が、大きく右に折れるポイントで、
牛は
ずぶ濡れで
わたしを待っている。
そいつを追い回せ。

正面へ回って、何度でも対峙しろ。
この川は、さみしさのど真ん中を抱き込んで、青く噎びながら流れる。
きみやわたしの射込む思念が
膨大な感情にかわり
山川を白く染める。篠突く雨。冷たい百年が、わたしの横を流れ落ちる。

薄明とケープ

往来……

むこうで怒りを食んでいた牛が、腹をすかすかに透き通らせて、区界の枯れ野を駆けていった。ひるはあお向けに浮いては流れ、ようやくわたしは何も聞こえなかったことを知る。

そのときに。幼少期に隠れて、もうほとんど見えなくなりながら、こっちを見ていた横顔がまだ淡く溜まっている気がする、あの遠く、
遠くきらっとひかる林の梢には、やさしい鬼の牙がずっとかかっていたのだとおもう。

消化器系の永遠まで、ながく、あるいて――

空洞が乾いていた
わたしの頭のなかを通過していく、
やってきては溶けて消える、
あまい、ひとの淡い群れ。（押し寄せたり、
　また静かになったりして
　空がようく澄んでいた。
　ごうごう渦になる、
　藍とかなしい濃い水色に分離していた。

怒っていた希薄な陽気のあたまの先が、
暁が来るといなくなる幽霊のように、ひとりであるいていった。
青い草のみちを。
乳色の、ところどころで紫や虹色の微粒が光る、
朝靄のなかを。

それは、
わたしたちが、
まだ起きださないうちならば、可能であった。
破裂した赤っぽい牛を抱えないでも、小さくなって食べていくことができた。前歯で、すこし怯えながら、自分のからだであたたまっていた。薄明はずっと向こうのほうで発火していた。わたしは、ひとりでいるときに海を飼っている。その海が、わたしの眠っている間、からだと睡眠とを等しく保ち、繰り返し現れる昇降口のイメージ、
煤けた緑の、
モザイクのアーチがある、
その静かな裏庭を
惑星が沈むような面ざしであなたが見ていた
しらじらとやってくる最初の
光線に凍えて。

三月の扉

丘からは魂が噴き出している。

太陽がガラスの向こう側にあるような日に
黄色や紫の炎はあちこちで
音も無く地面から噴射し
見えるものすべてを蓋っている。

今朝、目覚めると、

地平線近くに金の塔が建っていて、
蜂が「もう、春があんなに近づきましたよ、」とにやにやしている。心臓まで水が
（その塔は、野原に太く輝いている。たくさんの虫、花、食べられた動物や、
舌をだらりと出した莫迦貝で出来ている。）
水が押し寄せる。

わたしを
浴槽のように感じとること。
乳色が砕け、血液は、
わたしをゆっくり世界の何かに似せていく。
家の庭ではキャベツが育っていた。
わたしの成長を追い抜いて、あっという間に、成熟し消えるものは
みんな新鮮な緑色をしている。
思い出す物は
みんな

美しい緑色をしている。

宇宙から光線は絶え間なく地上に注ぎ、
わたしたちを持続的な時間の、少しうえのほうまで押し上げる。
そのために、
ずっと落ち窪む谷になる。
谷の底に、眠ったように淡い、真昼の赤坂が見える。

ロケット・サイロ

潰えるべくあるやさしい影が
おもいだせないもののかたちの
ぼんやりした林の中、
ちらちら燃えてひかっている

所在なく、
熱さと冷たさを行き来して、
青白い蛍光灯の房のなか、
じりじり鳴る虫のことを思っていた。

街路樹や電柱のひとつひとつに
小さいイルミネーションが灯っていた夜を
いとおしみ、少しずつ血汐を消していった。
(郭公は、)
明日には、違う人間になってしまうんだと、
書き残し
(木にとまっていた、丸まっていた、あの郭公は、)
もう二度と帰れない
ゆうぐれ、川沿い、銀色の自転車の
(もう、あかるい目をして、転生したろうか)

こんもりとした森が
途絶えて、
線路のむこうに、温室のドームが見え始める。

II

虚の三時間

生きている朝が滾々と湧き出している
空気の渦が感じられる
すべてのものは渦を巻いている。
わたしはたいてい、
板のようなもので塞がれた
平たい意識を行き来して
どこにもたどり着かないでいるが、
肉体と同じ成分の凪が、ときおり結合する。
いつもの耳が落ちて、

かわりに表面が
はっきりと見聞きできるようになるときは、
地平線までの距離を皮膚で把握し、
上りくる太陽が血肉を通過するのを感じ、
こちらも駅もあっちの山まで巻き込んでいる、
おおきなうねりのなかを
十艇の船がとおっていく。
あれは、ほとんど空の所属である。
うねりは
わたしの日々のまえで、ごおごお音を立てて
気づくと空っぽな
虚の濃藍色である。

アンプ

真夜中は臓器の内に
いっぱい満ちた。

道々に
高速や環状線が、継ぎ接ぎとなり現れてくる
栗の花
ここから坂の上を見上げると、
一生が
とてつもない速さで

奥に向かって、吸いこまれていく

くらがり
街路樹が増幅していく
一体、なんだというんだろう
わたしの背はずっと低くなり、
目でできた木
音楽が糸のように漂ってくる

暗部へ
見えない
青灰色　止まっている
潜めている
空は
ざらざらした皮膚の感触

照明灯を照り返す工事道路
光景は塊となって
延長される

電灯の下にぽっかりできる時間
あとは、堂々巡り
箱のなかを歩き回る
伸びる植物
飛び散る電子
道路のいたるところに捲れて
深く裂けている
黄色い、夜の口には
まだいちども触れたことがない

ヒヤシンスの夜

夜がひらく。
それは目で轟音をきく。耳には届かないで、空が裂けていく。
橙と濃い青が互いに捕食しあい、
じっと動かないサメみたいな夕焼けが
徐々に、一秒のながさを増幅させ
夜のくちが裂ける。
昼間の残骸、生命をまき散らして、
熱の残りが幽霊になった。

青い文字は「臨時」だった。ライナーは遠くから疾駆し、暗いレールを蛇のように進んでいた。白い目が連なり、同じコマとなって連続し、いやな夢が頭の中からばさばさ飛び立った。

横顔の見えない青年、彼は立ち尽くしている、ホームの途切れたところで。

そこには夜がひと際濃度をもって溜まっている。

輪郭を覆う紫色。

電燈が鳴る。

見慣れた鉄橋はよそよそしく黒い体を亡骸のように横たえ、向こうの景色はすっかり海になって、夥しい虫の心臓が点滅している。

夜がひらかれる。温い風、突然、真っ赤なくちびるが押し当てられる。

軋みながら、
路線図がどんどん延長される。

たとえば夜は
アパートの駐車場、

白すぎるビルの踊り場に、
青く苦い液が渦を巻いている。
腕で覆っても
星のような毒が、緑や藍やつめたく濃い色をしてどろどろとして、
その液は肺に流し込まれる。
夜はゆっくり回転をはじめる。

鳥がばさばさ飛び立つ音がする。

わたしが
点いたり消えたりしている
シーンを見ている。
夜の深い側溝のあたりから
スイセン、オウバイ、夜を動かすものの生気が流れてくる。

葦林

骨を、枯れ葦の林に埋めてきた。

笑った声や、振り返った、そのとき頬を青くなにかの光がぱっと照らした……あれは晩くまでやっている、淋しい町のコンビニエンス・ストアの照明灯だったか、あるいは灯台の光が、どういう具合かここにまで届いたのか、……その発光を、いつかわたしは、激しく思い返すことがあるだろうと思った。

(いままだ遠くでちらちら光っているあれは、懐かしいあたたかな部屋だけをそっと夜に映し出している。
湿った秋のあまく苦い雨、撫でるように外套だけが濡れそぼっている……。)

鳩の骨を、枯れ葦の林に埋めてきた。

　　　　　　　　　　　　煮凝った…
　　　　　　　　　　寒さがくる野が、枯れて、
　　　　　　　　遠く黄まじりに、平たく倒れている。
(わたしはその沈んだ色あいを、すこしでもあかるくしようと、白い息を吐きかける、)
　　　　　　糸屑めく木の枝と薄曇りの陽が、空で、わんわん反響している。
　　　　　　　　それを路傍で、焼きつけながら
　　　　　　霜柱を齧る犬を見ている。

(ああいつか、

あんなふうな、あんなふうな）

一瞬、目蓋の奥で白く痛めて
あなたが振り返る瞬間かすかに頬が発光していた、その印象は
消えかかりながら
幾度もトレースを続けられ
いまは夥しい数のみどりの夜光船が
燐を燃やし、眸のなかへ進んでいく。

冬の朝、死んでいた
鳩の骨を、枯れ葦の林に埋めてきた。

どこかで
警報機が回っている。

東北本線

剝離している粒子が散り散りになって
見ているうちにぱらぱら落ちる
空の色がもう濃い青紫色に映されて
ネガのなかを走るこの金属の電車は
か細い秋の草を倒しながらゆく
乳色の液状が朝で、あんなにおおきく溜まっているね
箔のそらはぱらぱらと落ちてくる
その切れ間から
鋭い青が割れて、鳴っているのを

わたしは臓腑に張った糸で聞いている

川ばかりの暗い町で、あなたはお祝いに、わたしをピンク色の外壁の飲食店に連れていき、
名物の麺料理を注文したのだった。酸っぱくて変わった味がするその麺を、我々は並んで
啜ったのだった。店を出ると夜は濃く、ぽつぽつ燈った電飾だけが強烈な光と虹色の輪を
つくっている駐輪場で、柱とコードに巻きつく蔓植物が、夜の生ぬるい空気にまで伸び支
柱を手繰ろうとしていたのだった。その左巻きとあなたの髪は小さな相似形を成し、ずっ
とむこうの明りが、合間の闇に貝の舌みたいにちらちら見えていたのだった。
それが徐々に遠のいて、
丸い視野のまんなかに彼は鎮座し、
そこから放射線状に世界が延びていくので

わたしは獣である
獣の目、獣の耳、獣の与えられた肉体で
感受する
彼が視野に収め、彼の中に映し出されているわたしには、暴かれないつもりでいるつもり
の彼に、
獣の言葉で呼びかける。密かに。

夢の味
どの角々にも
あなたが飛び出してくる気配がしている
そんな夜、
地獄みたいな匂いがする草木の国の夜、

体温に近い夜が淀んで、
ゆっくり掻き混ざっている。
オレンジ色の花がたくさん落ちている橋の上を行き、

信号のように発される匂いは、
ふいに核心にとどく。
やわらかに。
あなたの首が温まっていく
ほとんど幻のような殺意を嗅ぎながら、
わかっているのだな。何百年も前から感づいている。

あなたの殺意が
明けがたの川を流れ
ついに、わたしの動脈を静かに通る
血液に到達する

長野幻視

冷めた太陽がいっそう弱く暗くなって、
やわやわと煙る影が流れるのをみていた。
山の上で希薄な気象の発生が絶えず続けられ、
雪原は黄色く陰ったり、
また薄い呼気のように陽光が洩らされたりした。
雪はいちめん、
青く凍って、
溶けない樹氷がいっこの種族のように立っていた。
林。その枝々には赤や青のオーナメントがかかっている。

それらは微弱な陽をうけて、きらきらと忙しなく光り、
かつての冬の思い出のように光り、
瞑想を続けて歩く僧侶が
みずいろの影のなかに
いましがた
ずっしりずっしり重なり消えていくところです

デトリタス見聞

あのあかるい火も花も
みんないまは青の属性に入って、
一日黒く燃えていた
赦せないことが
叫ぶのをやめ、生命の活動をやめ、
静かに白く横を向いていくとき、
冷えて沈んでいく水平線に
わたしの座る椅子があるように思う。

ゼリー質の水晶体に三角形を映していた。
やがて、
濡れた海浜を歩いた。
正確な菱形が砂の上に現れていた、
すべすべの菱形、
砂鉄を多く含んで黒くなった
波のさなかに砂へ潜る貝には、
幽霊のような透明の舌が伸びている。
遠景にやや緩慢な、潮干狩りが
一群に、浅黄色に、

劣色、とでもいうような、

宇宙色、黒目の縁取り、

わたしたちが見るものは薄められた青ばかりの

稲村ケ崎の浜を歩いている。晴れの日の、雲陰の青い、彼方温んだパイナップルジュース、水平線のあたりにごく淡い紫色の横縞が浮かんでいる。その向こうの空が粗く遠さを失って、変にじりじりと電磁波で出来ているようだ。こういうことは、前にもあったと思った。まばたきをするとよごれた黄色い海岸線が、かたくつぶった目の奥からじっと浮腫んで浮き出してきて、島のような形をつくっている。いや、おうい、おういと、呼んでいるようにも思える。黄色いよごれた海岸線が、わたしのかたくつぶった目の奥からこちらへじっと浮腫んで浮き出してきて、味のない夢を見ている、目覚めながら、幾度も目を開いて、まばたきをするたびに、低く警告するような轟音が響いてくる、自分の行く方から響いてくる。
それは
ずっと前からそうだったように思います、

憂鬱に助長されている。
やや緩慢な、
波のさなかに漂うように臓器を伸ばし、
さながら先祖霊が
別の世界の存在のしかたを呈して
細かい濡れた砂のなかへ無言で潜っていった、
ような貝の幽霊を、
舌の魍魎を、
銀板が焼いて、打ち付けていた。
海辺の、棄てられた、
ボンネット。錆だらけの缶。木箱。ゴム靴。

わたしの想像は小貝の透過した臓器や、うみうしの粘膜質の肉体に鎮座している。自分の体の生存のこと、種のおおきな時間のこと、淘汰のこと、細胞や元素のことを思って眠っていた。その脇を、たくさんの足音が走り過ぎていった。ゆっくりいくもの、せわしなく鋭い足音で行過ぎるもの、どれも途中で途切れて、温かなものがどろどろと柔らかな土のなかへ溶けていった。遥か上のほうでは、笑い声がしていた。遥か上のほう、わたしたちの意識の上にくっついている薄ぺらい時間では、午後の中庭に降ってくるトロンボーンが聞こえていた。乾いた野球のボールとともに山鳩が音もなく飛び立った。校舎の屋上にある貯水槽の裏には秋の初めの夕日がじっと動かないでいた。ひとりの学生だけが家へ帰らないでいて、それを知っていた。夕暮の最後は必ず踊り場にできる影が青くなって、紺碧がきて、終わった。それは、いつもそうだった、

（油駅を通過し、

往生松を通過し、

蛸の腹、
塔の鳩尾、
馬の骨、
そしてここ、黒庭、）

よーお、おはよう、
海沿いのその中学校は、
塩水で育つ植物がまばらに生えている、
背の高い茎に囲まれた、
乾いた海藻やプランクトンの死骸が吹き溜まる岩場を上って
岸壁の先にようやく、
白がやや薄緑色がかった校門がみえる。
よーお、おげんきですか。
空虚にあいたそのアーチ状の門にはみごとな蔦が絡まり、

エントランスの煉瓦タイルを割って草が生い、
チャイムの音はそのつど空に返還されていた。
ここは
もうじきに崩れて、
土に還るのだ、

（黒庭。
思考はいつもここへ帰ってきて、
暗闇の中の雨を洗い出した。
一つずつに怒り、一つずつに後悔し、
這いずって、
そうして一つずつをわたしは赦そうと思う。
わたしはわたしの体のなかへ
受容していこうと思う。）

わたしには、見ることだけが
たしかに正義だった気がします。

「先刻、鯨の子が流れていったよ、
あの辺り、
海が青緑色になってプランクトンが塵のように集まって、
あんなに温かそうに渦を巻いているあたり、
大きな体のきれいな子が、
優しく、
花で飾られたお釈迦さまみたいなお顔をして、流されていったよ。
プランクトンたち嬉しくなって、
鯨の子のことをもうむちゃくちゃに

あいしているようだったよ。
鯨の子は、それは、
遠く、遠くへ、
プランクトンたちに見送られながら、流れていった。
波がせわしくぎらぎら光って、
ゆっくりと、もういなくなったよ。」

III

三河島

でも
わたしたちは
巨大な船に乗っていたことに
ようやく気づく。
夜は流れ出なかった。
同じところで渦を巻く。
すべての出会った人たち、出会わなかった人たちが
夜の沈殿した駅で眠っている。
これから出会うすべてのあなたと、これから失うすべてのあなたが、

波の上に眠り、浮かんでいるのを、
わたしはしゃがみこんで覗く。

みんな
同じ顔をしているね。
これまでに出会ったすべての顔、
人の顔をしている。

もう行ってしまうあなたに別れを告げ、
これから訪れるあなたを、
まっさらな海の真ん中で待っているときは、
おおきなおおきな
月が
わたしの正面にいる。

わたしはあなたの生を

わたしの生で
覚えようとしているその仕組みが
夢なんだよ

駐車場にばらの花が一本落ちて
円形に
ぽっかり照らされて、何も起こらない。

機能

帰らなくちゃいけない。
地獄に似た門が、
家までの道端にあいて、
まばたきをするごとに増えたり消えたりした。
黄色い洗面所で
蟻をぼろぼろと洗い落とした彼女は、
あすの朝を
用意する。

絶望のほうがしずかな夜だ。
なにもないときは夜が燃え始め、
何かをみつけてしまえば
叶いもしないことをまた始めてしまう。
叶いもしないことをまた始めてしまう。
それは演技だ。
冬はきた。
街や空気の流れが、
彼女のおしまいを望んでいるのに、
彼女はそれを望まないで、
からだに絶叫をねじこめておく。
朝にはそれが濾過されて、
色のない時間には
やさしい羊や牛や鶏が寝かされている。
突然、わたしのからだに

しんしんと熱がながれる。血液が話す景色のなかに
ほおりだされる。
(雪かとおもうほど、
朝日が天井をぼんやり照らしていた。
椿が凍って、瞼の裏で青く燃え続けていた。
午後、黒い枝が太陽にかかって、
氷は溶けて壁を伝った。
雲はとてつもない速さで薄く流れ、どろどろの太陽は
時々、まったいらな底を覗かせては、
やわ、やわと、
虹色の乳を吐いて隠れた。)

K駅の幽霊

切望はごうごう燃えて、
部屋のなかにも水気が生じる。

帰宅すると、排水溝の縁の金具や口の空いた菓子袋や炊飯ジャーの取っ手のへりが、
きらきら、きらきらと光って、やがて辺り一面に、彼の指紋が見えてくる。

彼の中枢神経が動いて、
たしかにここにいた。
夜を吸い上げた部屋の、

夜から逃げた隅で、
腕の重みを抱え込んで鳴らす。

感情の、
言い換えを
彼は試みる。
電線と階段の上。遠い火花。
街から隔たった丘の上に、彼は目覚めている。
白い歩道橋と電車の音。赤いサイン。
交差する明りが、
夜を咀嚼し、反芻する。

零時を過ぎても、
込み入った路地の壁にはライトが映し出される。
車両がひっきりなく衝突をする。

あちこちで、
救急車のサイレンが回る。
とりとめろ、とりとめろ、とりとめろ真っ赤
あそこを走っているのは、
焦燥だ。
夜中の国道を、
紙切れのように走っている。
消えないオレンジ灯の下、
路面に残像が引き伸ばされて、
彼の友人たちが疾駆している。

三つ並んだ星が、閉ざした商店の瓦屋根に、深く深く突き刺さっています。強烈な光で、かえって真っ暗に見える。穴のように。夜な夜な、空気が冴えていきます。帰り道の電灯のしたで、青年は毒が回って死んでいた。青年は、これが何度目の生だろうと思った。そうでしょう？　丘から見える遠くで、ゆっくり沈められる海の火が、

まだ燃えているせいで生き返る。

いかなければならない。
歩かなければならない。
見慣れない路地も。
青と赤のランプが眩いて、
噛んだ夜の錆びと埃から、
また音が聞こえるので、
部屋に帰る。
電灯のしたたに、黒い影を残して戻る。

彼は、昼間、
明るい床の大部屋で、
たくさんの人の顔が行き過ぎていくのを見た。

偽者としてそこに立たされ、
彼のためではない月が昇り、
その一日がまた折りたたまれていくのを見ていた。
夜だけじっと生きていた。

＊

わたしの悩みが、
真夜中、
近くの貯水池に集まり、溜まっていくのがわかる。
門を鳴らす。フェンスがじりじりと電光に蝕まれ、月は傘下を円形に囲う。ここへ流れ込んでくる。わたしの悩みが、集まってきて溜まり、宇宙のどろどろとした星雲の夢をみる。左回りにうねり、水になって、夜を渦まいたあと、日が昇るころには草で生い茂った地面を、しんと乾かす。布団と同じように。

干からびた池。くぼ地。

連なっている街灯の先、
電柱のある角に、
影が俯いているのを見つけることがある。
ときたま
暗いピンク色に変じて、
そこだけ過去が、異形の姿でうねっているようにも見える。
すべての路線が、
きみに通じている。
風に、未来が混じっている。錯覚を起こす。
それに気づくまで歩く。
また雨が降り始める。

二〇一号室とラストダンス

数ヶ月ぶりに見つけた玉葱は
ラックのなかで薄緑色のゴムベラに似た芽を、
真上へうねりあげていた。
この部屋を出たら
寒冷な空気に当てられて
すぐにだめになってしまうのに
冬にだって命は伸びる
悪臭を抑えるため、セロファンの袋へ封入した後、
最後の数日を

隠されていたラックの上で過ごした
玉葱は、
濃い緑色に変じた芽を
まだ自分には一握の未来があり、
そこへ捻じ込もうというように
出口へと伸ばし続けた。

駅から向かう途中に階段があるでしょ、
その階段は石で出来ていて、何千年も前から植物や虫が
べったり潰れて張り付いていて気にもとめない。
昨晩は大水青がいたよ。本当に。
厳冬、
柔らかそうな腹に柔らかそうな皺を四本見せて、
氷点下でたぶん死んでいた。
喚きつつ、蛾をライターで燃やそうとしている小学生がいて、

わたしはそれを、なぜ残酷と思うのか、
考えながら坂をのぼってきた。

坂の上に部屋はある。
わたしたちは二年、
物を集め続けた。
屑のような、
どうだっていい物が生活のまわりを埋めて
しかもどのひとつだって
その謂れを、
唱えることができた。
夥しく散らかった物品がわたしたちの生活を構築し、
証明し、
互いの間にある一種の既視感みたいなもので、
視界を安定させ、同じ色合いに調節していた。

わたしをよく知る
物、
わたしと深い繋がりのある物が、その配列が、
わたしを夢から
正しく起こした。

でも、のぼってきたというより、蛇行してきたよ。
小学生の隣を息を詰めて通り、
住人が通路にはみ出して置くアロエの鉢を避けてきた。
この狭い路地をすれ違う人々は、
なぜむやみにわたしの顔を凝視するのだろうと、
ひたすらむかむかして蛇行してきた。
褪せたピンクの歩道橋の先に、アパートが見えても、
まだしばらくは腹が立っていた。

始まると、
すべては凄まじい速さで進む。
そこらじゅうに漂っていた密談と、
黄色いランプのひっそりした明りは、
他人とのあかるい電話口に
瞬く間、追い出される。

この坂をのぼり、ドアに鍵を差し込み、
闇に感情を溶かし込みながら、
夜がいつまでも続くと信じて
じっとコップや洗濯物を見つめているわたし
がいなくなる。

この部屋は、

時間を使い切り
わたしたちの一生のほの暗い懐かしさに
ぼんやりと浮かび続ける。
わたしは案外、惨めになったり、空虚になったりはせずに、
今日までまったく別の考え事をしていた。
いまは
この部屋のかたちをありのまま、
覚えておくために
目の前のすべてを思い出している。

IV

極楽寺、カスタネアの芳香来る

不安がもだえそうに淡い炎がゆだっている
道端の青いちいさな花を煮る六月十日は、

いくにちか、
夏の日のかまびすしい、口があっちこっちで音もなく炎をあげて、
風の前の駅前通に、
何も灯していないのだった。
わたしは風前の

回廊を何度も回るうちに、彼をみつけた。

その顔はだんだんに赤く歪み、憤怒するひとりの、目尻が叫ぶ鬼となれる、

（ああ、あらゆる生命の怒りは黄色い花に化身してそれは野に伸び、伸びて、やがてそれも緑に覆われ燃えて、燃えて）

降雨。


（ひそひそと話をしている）

（柑子の木のあたり、雨に濡れそぼって、ふたりで、小声で）

（おおそのうえ古語で、）

（聞き取れない話をしている。雨の庭の古い濡れた柑子の木のあたりで）

（ちがうよ、あれは鳩だよ））

（人の様な、くぐもってずっと話している。何十羽もいる。）

何十羽も鳩がいる。茂みのなかで鳴いている。
遠く潰れた緑のうえに、
誰かの面影が、こんもりと盛られて、動かないでいる。
今は時々きらっと反射して、
もうすぐ隠れて
見えなくなる。

ヴィオラ

棄てにいった昼を棄て、
わたしばかりをおもたく引き摺り運ぶとき、
ほんとうに透けて軽薄な月が
まだ空にある。
誰かの夕暮れの
静脈のなかだと思いあるいた。
おおきな片割れの目蓋と眸があって、その目は眠って閉じており、昼間の熱気を吐き出しながら、淡紅色からしののめを思い出す紫、そうしてやってくる青磁の青が、ただただ後は、極まっていくのであった。
夕暮れは、
街が似る。薄緑色のコンクリート壁は欠け、ひびの間から鉄骨とツル草が見えていた。あれは夜な夜な腕を伸ばして、恐るべき左巻きで、少しずつ人の住むところを崩落させた。
北京のような集合アパートメントの
巨大な洗濯物通り、
惨めな、それでもすべての考え事を、
わたしはひとつも漏らしたくない。

なにか、本当の
生命の底が透かして見えるバスのなかで
黄色い顔をして眠りかけていた。
暗い雲をみると、
それは低く垂れて、人の世界の果てをじっと覆っていた。
夜をもらう。
道路脇に傷口がいくつも裂け、

明りがそこからあやしく吐かれている。
獣が黒い土のうえで生まれる。

深秋

裏庭に夕昏を探さず
いない鹿の鳴き声にききみみたてながら
何度か、
乳化した滑らかな、
朝に目覚めたことをおもいだしたっけ。
窓枠が光で輪郭を失い、白いカーテンが揺れるその都度、
熱とともに明るい音階が降ってきた
その感じを、手繰っていたっけ。

失風――

あなたはまっさおな、紫色の天気を与えられ
そのただなかの暗い、
よく晴れた丘を
ほんとう早くに発っていった
もう行き倒れてしまうように、そこで白くはためいていた。

秋茜、
薄羽蜻蛉、
一斉に蘇り
ぐんぐん高度をあげて
視野にわたしを閉じ込める

不遇のときの目を
もうずっと
なくさないでいるために
わたしは更に、遠くから見ていようか
姿をつくる前に
渦をまいて消える。
誰かがパキパキ、
川辺で火を踏んでいる
陽ざしがガラス越しになっている
みんなを閉じ込めて、
風景が液のなかをいくようになるのが
秋だ

［ブルーサンダー］ＥＨ２００形電気機関車。貨物車を牽引し走る。

ブルーサンダー

著者
暁方《あけがた》ミセイ
発行者
小田久郎
発行所
株式会社 思潮社
〒一六二―〇八四二 東京都新宿区市谷砂土原町三―十五
電話〇三（三二六七）八一五三（営業）・八一四一（編集）
ＦＡＸ〇三（三二六七）八一四二
印刷所
創栄図書印刷株式会社
製本所
誠製本株式会社
発行日
二〇一四年十月二十五日 初版第一刷
二〇一七年十一月二十五日 第二刷